KB194208

늘보 엄마의 일기

(사)색동어머니회 이천지회 동화책 쓰기 모임

늘보 엄마의 일기

초판 1쇄 발행 | 2025년 4월 30일

글·그림 | (사)색동어머니회 이천지회 동화책 쓰기 모임
기획 ·진행 | 이연순
디자인 | 김소라

발행처 | 브레인파워
전화 | 031-701-0536
이메일 | story2878@gmail.com

출판편집 | 아이올린
전화 | 031-707-8494
이메일 | iolin255@naver.com

ISBN 979-11-991786-2-5

차례

들어가며

“내 이야기를 책으로 쓰면 몇 권은 될 거야!”

많은 사람들이 자신 있게 이렇게 말합니다.
살아온 세월이 그만큼 굽이굽이 사연으로 가득하다는 뜻이겠지요. 그러나 막상 첫 문장을 써 내려가려 하면 생각은 넘치는데, 펜은 쉽게 움직여지지 않습니다. 이 책의 주인공들 역시 처음엔 그랬습니다.

“내가 글을 쓸 수 있을까?”, “글이 너무 짧고 서툴러요.”

망설이고, 주저하고, 부끄러워하던 분들이
자신의 이야기 한 조각을 꺼내어,
한 줄 한 줄 꾹꾹 눌러 써 내려갔습니다.

그렇게 태어난 글들은 화려한 문장이 아니어도,
삶이 묻어 있어 더욱 진솔하고 깊었습니다.

눈물겹도록 아름다웠던 어느 날의 기억,
속상해서 미처 말하지 못했던 마음,
엄마와 함께한 따뜻한 순간,
할머니가 만들어준 만두 한 알의 온기,
그리고 사람과 사람 사이의 잊지 못할 인연들.

이 책에 실린 이야기는 단순한 '이야기'가 아니라
한 사람 한 사람의 '인생의 단편'이자
세상에 하나뿐인 '기억의 보고서'입니다.

누군가의 평범한 하루가
다른 누군가에게는 위로가 되고,
내가 써 내려간 이야기가
또 다른 이의 삶에 공감을 줄 수 있다는 것.
그것이 바로 우리가 이 책을 함께 만든 이유입니다.
글은 마음을 정리하게 해주고,
자신을 더 깊이 들여다보게 합니다.
그리고 때로는, 삶의 새로운 시작이 되기도 하지요.

이 책이 누군가에게는 용기가,
누군가에게는 희망이 되기를 바랍니다.
그리고 언젠가 당신도,
이 책의 한 장을 넘기며 이렇게 말하게 될지도 모릅니다.

"그래, 나도 써볼 수 있을 것 같아."
"내 이야기도 누군가에게 닿을 수 있겠구나."

그 첫 문장의 힘을 믿습니다.
그리고 그 용기 있는 발걸음을 응원합니다.

이 책이 많은 어르신들에게 '필독서'가 되어
모두가 '나도 작가'가 될 수 있는
'밝은 희망'의 시작이 되길 바랍니다.

어르신들의 밝은 미래를 꿈꾸며,

사단법인 색동어머니회 2대 이사장 이경자 드림

첫 번째 이야기

눈으로 보는 그리움

한미희

눈으로 보는 그리움

1. 딸의 화면 속 엄마

시집간 딸은 매일 핸드폰을 켜서 엄마를 지켜보곤 했어요.

"엄마는 오늘도 괜찮으실까? 잘 지내시겠지?"

화면 속 엄마는 창가에 앉아 멍하니 밖을 바라보고 있었어요. 엄마는 치매로 인해 가족의 얼굴도, 이름도 기억하지 못했어요. 막내딸 미희는 가슴이 먹먹했지만, 화면 속 엄마를 지켜보며 마음을 놓지 않으려 했어요.

"엄마, 제가 항상 보고 있다는 걸 알았으면 좋을 텐데… 엄마!"

2. 기억 속에서 멀어진 엄마

미희가 엄마를 찾아갈 때마다 엄마는 딸을 낯설게 쳐다봤어요.

"아이구, 댁은 누구세유?"

엄마는 기억이 희미해진 후로 누구에게든 존댓말을 했어요. 미희는 애써 웃으며 대답했어요.

"엄마, 나야 나~ 막내딸 미희!"

하지만 엄마는 고개를 갸우뚱거리며 말했어요.

“여기 앉으세유~~ 이거 먹어봐유.”

엄마는 막대딸에게 좋아하는 호두과자를 건넸어요. 겉으로는 웃었지만, 속으로는 가슴이 철렁 내려앉았어요.

‘엄마의 기억 속에서 가족들이 점점 사라지고 있어…’

그런데 이상하게도, 엄마는 아부지가 보이지 않으면 불안해하며 찾았어요. 엄마는 두리번 두리번 거리며 아부지를 찾았어요.

“저 양반 어디 갔지? 어디 갔어?”

그 장면을 본 미희는 마음이 복잡해졌어요.

3. 찢어진 청바지를 입고 찾아간 날

어느 여름날, 미희는 찢어진 청바지를 입고 엄마를 찾아갔어요. 엄마는 눈을 동그랗게 뜨더니 혀를 찼어요.

"쯔쯔쯔, 이그, 바지가 다 찢어졌네!"

그리고는 손을 쑥 내밀어 찢어진 허벅지 속으로 넣었어요.

"이런! 어여 벗어유. 내가 꼬매줄게유."

미희는 깜짝 놀라 웃음을 터뜨렸어요.

"엄마, 이거 멋 내려고 입은 거야!"

하지만 엄마는 손짓하며 단호하게 말했어요.

"멋이고 뭐고, 찢어진 옷을 입으면 안 되유 안돼!"

4. 잊지 않은 바느질

미희가 방에서 반진고리를 들고 나오자, 엄마는 실을 입으로 가져가 침을 바른 후 눈을 찡그리며 실을 꿰려 했어요.

"엄마, 내가 실 꿰줄게!"

엄마는 바늘을 받아 들고 바지를 뒤집었어요. 그리고는 찢어진 부분을 꼭 쥐고 한 땀 한 땀 꿰매기 시작했어요. 미희는 엄마가 능숙하게 바느질하는 모습을 보고 감탄했어요.

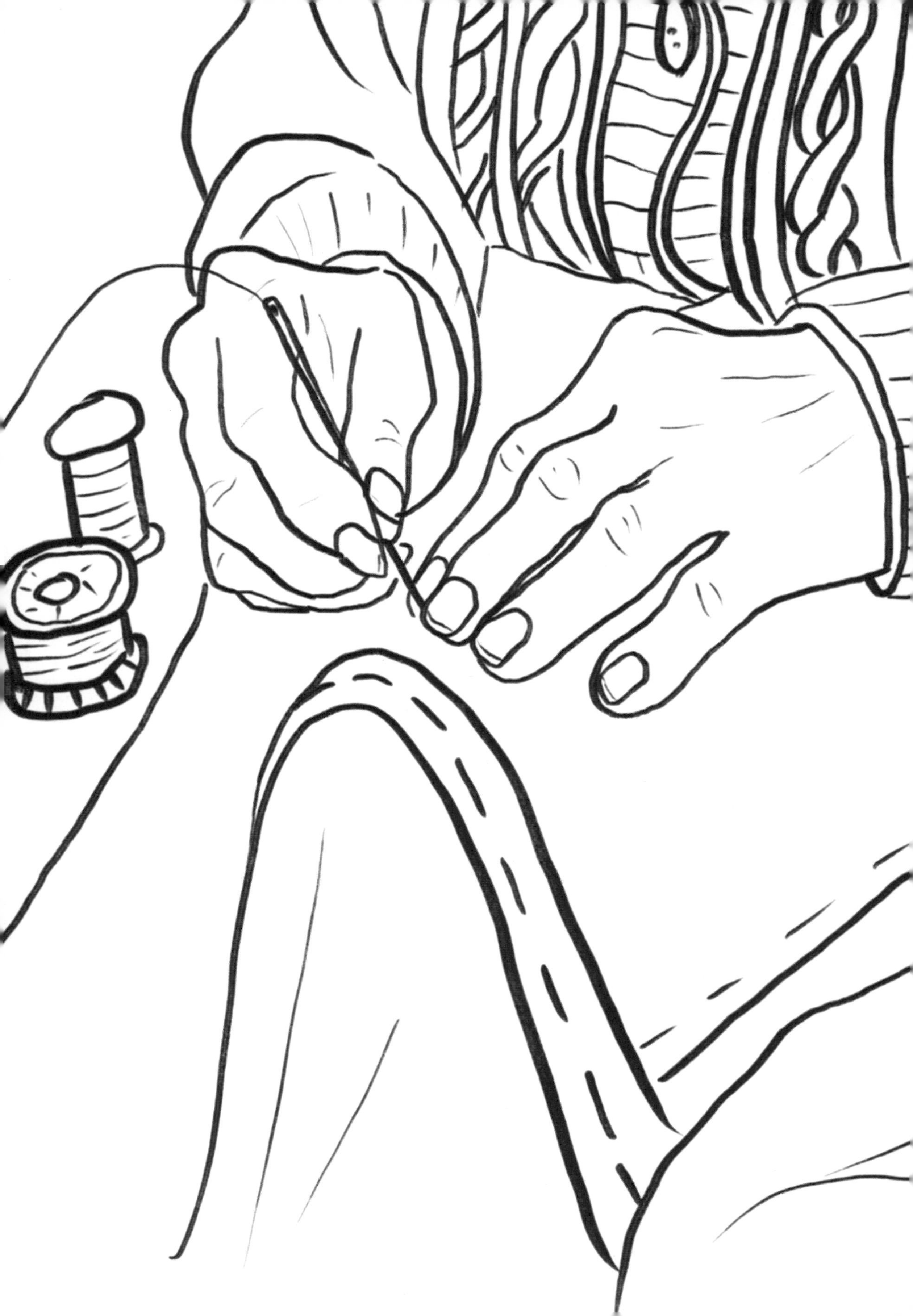

“어! 엄마, 바느질은 잊어버리지 않았네! 우리 엄마 최고!”

미희는 짝짝짝! 신나서 손뼉을 쳤어요. 하지만 그 모습을 보면서 눈물이 차올랐어요.

‘엄마는 내 이름도 얼굴도 잊었는데… 바느질은 이렇게 잘하시네.’

눈물이 볼을 타고 흘러내리자, 엄마는 손을 내밀어 닦아주었어요.

“아유! 울지 마유… 왜 울어?”

미희는 떨리는 목소리로 말했어요.

"엄마, 이렇게 잘 길러줘서 고마워요. 그리고… 사랑해요."

엄마는 꿰맨 청바지를 건네며 말했어요.

"자, 어여 입어 봐유. 다음엔 찢어진 옷 입고 다니지 마유."

미희는 고개를 끄덕이며 웃었어요.

"응, 엄마! 다음에도 또 꿰매줘!"

엄마의 손끝에서 나온 바느질은 단순한 옷 고침이 아니라, 미희에게는 사랑을 담은 기억의 조각 같았어요.

5. 딸의 다짐

멀리 있어도 엄마를 지키고 싶은 미희는 오늘도 핸드폰 화면을 보며 속삭였어요.

'다음에도 찢어진 옷을 입고 가야지. 엄마가 나를 기억하지 못해도, 우리가 함께한 시간은 엄마 안에 남아 있으니까.'

그리고 허공에 대고 외쳤어요.

"엄마, 제가 곁에 없어도 걱정하지 마세요! 저는 늘 이렇게 엄마를 보고, 또 보고, 지켜보고 있으니까!"

기억은 흐려져도, 사랑은 변하지 않아요. 미희는 다짐했어요.

"엄마, 기억이 없어도 괜찮아!
내가 엄마의 사랑을 기억할게요.
그리고 그 사랑을 내 아이들에게도 전할게요!"

CCTV

두 번째 이야기

엄마의 일기

최정은

엄마의 일기

물 맑고 산새 좋은 곳에 태어난 나는 동네서 인기가 많았고 관심받으며 살았어요. 어느 날 군대 간 선배가 휴가 나와서 만났어요.

“혜자야, 군대 동기 중에 승복이라는 친구가 있는데 착하고 믿음직한 사람이야. 편지로 서로 주고받으면 좋겠어.”라고 하는데 난 재밌을 것 같아 “좋아요” 라고 하였지요.

얼마 지나지 않아 한 통의 편지 시작이, 서로 알아가며 내 마음은 설레였고, 가슴도 뜨거워지며 얼굴은 빨갛게 물들 때도 여러 번, 나에게 사랑이 오고 있었네요.

승복의 제대 날이 가까워지고 제대 후 처음 만났어요. 첫눈에 반해버린 우린 얼마 지나지 않아 결혼을 하였지요.

승복의 집으로 꽃가마를 타고 가는 내내 긴장과 기대, 설렘과 두려움이 들었고. 경상도에서 강원도까지는 너무나 먼 거리였지요.

산길이 험하여 이리쿵 저리쿵 온몸이 흔들렸기 때문에 난 새색시였지만 걸어 가기로 하였어요. 치맛자락 부여잡고 한발 내 딛는 순간 미끄덩 콩 고무신은 날아가고, 넘어지는 바람에 예쁜옷은 흙이 묻어 툴툴 털어가며 웃음과 눈물이 함께했지요. 높은 산과 오솔길만 보이는 산속을 거닐며 가는 길이, 무섭기도 하였어요.

다음 날 새벽같이 물을 길어와 쌀을 씻어 가마솥에 넣고 불을 피우기 위해 장작을 차곡차곡 쌓고, 마른 솔가지를 넣은 뒤 성냥으로 불씨를 붙였어요. 불이 활활 잘 타올랐네요. 밥이 지어지는 동안 나는 가마솥 주위에서 눈을 떼지 못했어요.

"너무 센 불이면 밥이 타 버리고, 너무 약하면 설 익을꺼야…"하며 조심스럽게 첫 출발을 하였어요.

어느덧 시간이 흘러 다섯 명의 자녀들을 낳았고 사랑을 주고 받으며 티격태격 하여도 항상 웃음이 끊이지 않게 따뜻한 가정을 만들어 갔죠. 승복은 나에게 말했어요.

"혜자야 우리 더 나은 생활을 위해 내가 탄광촌에서 일하기로 결심했어."

안전 + 제일

나는 걱정 되었지만 승복의 말에 따르기로 했어요. 하루하루 힘든 일상에 승복은 언제나 가족을 위해 최선을 다했지요.

어느 날 승복이 탄광촌에서 일을 마치고 집으로 돌아오는 길에, 큰 사고가 일어나고 말았어요. 친구와 이야기하며 길을 걷던 중 빠르게 달려오는 오토바이와 부딪힌 승복은 머리를 크게 다쳐 급히 병원으로 실려 갔다고 했어요.

사고 소식을 들은 나는 정신도 없이 병원으로 달려갔지요. 마음속으로 제발 아무일 없기를 기도하며 도착해 보니 누워 있는 승복을 본 순간 숨이 콱 막혀오는 것을 느끼며 제발 깨어나 주길 바라고 또 바랐어요.

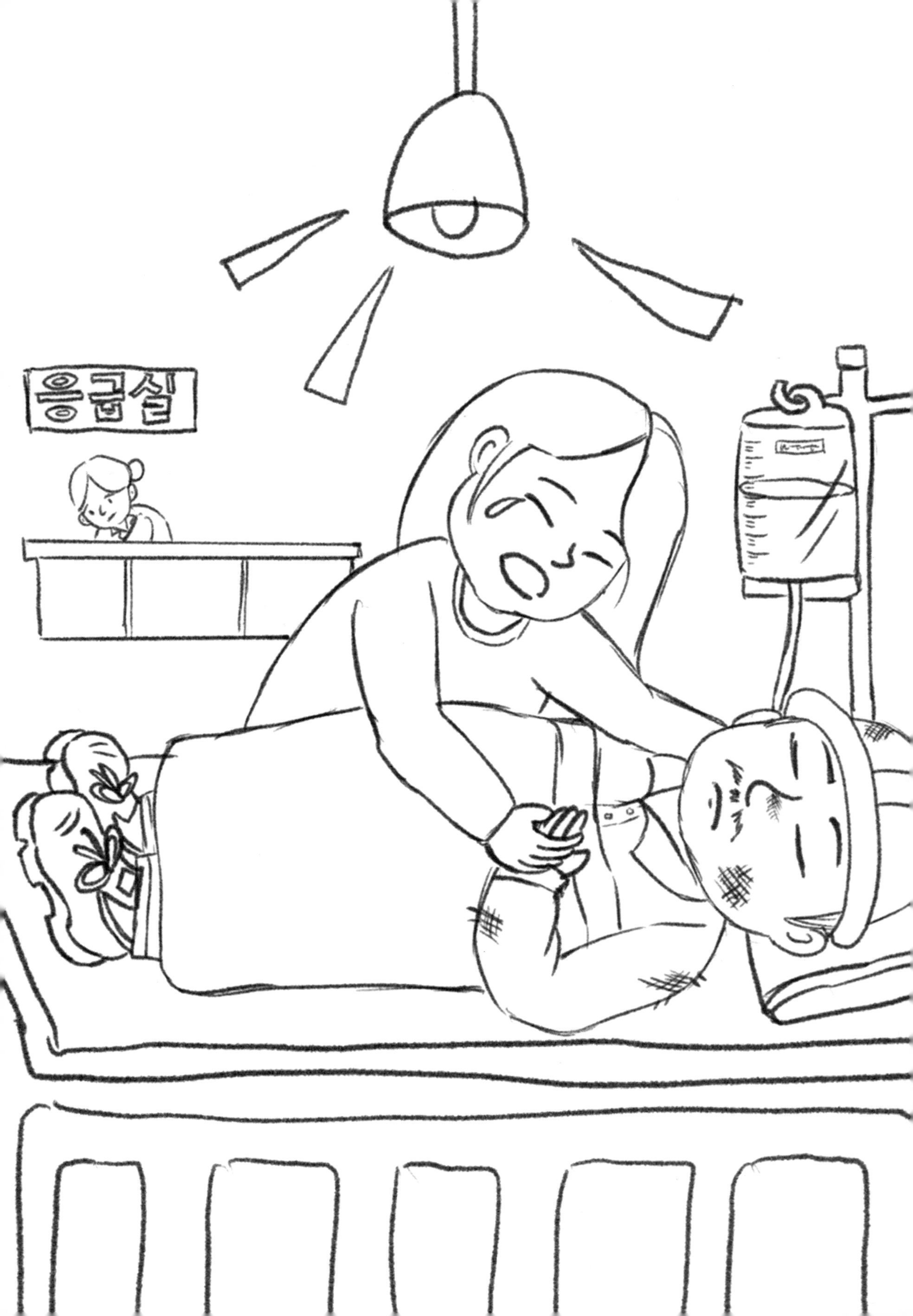
응급실

햇살이 창문을 통해 병실 안으로 스며들었어요. 희미한 빛 속에서 나는 남편 승복의 손을 꼭 잡고 있었고, 승복은 병원 침대에 누워 눈을 감은 채 아무 말이 없었어요. 의사는 조심스럽게 고개를 저으며 말했어요.

"남편분이 머리를 심하게 다쳐 상태가 위중하니 마음의 준비를 하셔야 할 것 같습니다."

나는 믿을 수가 없었어요. 세상이 무너져 내리는 기분이었죠. 눈물방울이 뺨을 따라 하염없이 흘러내렸어요.

"안 돼요! 제발 애들 아빠를 살려 주세요!"

나의 목소리는 떨렸고, 눈물로 가득했어요.

“승복씨... 우리 아이들이 당신을 기다리고 있어요. 당신은 깨어날 거야 이대로 보낼 수 없어 돌아와...”

나는 속으로 간절히 기도했어요. 얼마나 지났을까요, 병실의 창밖으로 별이 반짝였고, 희망의 빛이 나의 마음속에서 은은하게 타오르기 시작하는 걸 느꼈어요.

긴 터널을 지나 기적처럼 승복이 눈을 떴어요. 그의 눈빛은 전과는 달리 멍한 상태였고 아무 말도 하지 못했지만, 나는 깨어났다는 기쁜 마음에 손을 잡으며 속삭였지요.

“승복아, 나야 나 알아보겠어?”

하지만 승복은 혼란스러워하며 그 말을 들은 채로 눈을 깜빡이며,

"당신은 누구? 여기는 어디죠?"

그는 내가 누구인지조차 기억하지 못하는 듯 보였어요.

"승복아, 나는 네 아내 혜자야. 우리는 다섯 명의 아이들이 있어. 기억해 봐."

하지만 승복은 여전히 기억나지 않는 듯 아이들의 이름도 그가 사랑하던 사람들조차 알아보지 못했어요. 나는 좌절하지 않았고 하루하루 승복에게 나를 기억하게 해주기 위해 그가 잃어버린 시간을 하나하나 되살리려 애썼지요.

시간이 지나면서 승복은 나와 아이들의 얼굴을 알아보기 시작했어요. 아이들의 웃음소리 나의 따뜻한 손길 우리가 함께했던 추억들이 승복의 마음속에 다시 살아나기 시작했죠.

승복은 말했어요.

" 미안해! 내가 누워 있는 동안 당신이 고생 많았어. 옆에 있어줘서 고마워!"

나는

"다시 태어나줘서 고마워 당신이 살아났다는 것이 나에겐 큰 기쁨이야."

승복은 점차 회복하게 되었고 바라던 집으로 돌아 왔어요.

지금부터 나는 혼자서 가족을 돌봐야 했어요.

승복은 작은 일이라도 하며 집안을 도왔고 나에겐 큰 힘이 되었지요.

나는 장사를 시작하면서 이틀을 하루처럼 살아가는 날들이어도 함께 하기에 이겨낼 수 있었어요. 힘든 일상에 아이들이 커가는 모습을 보며 마음이 뿌듯 했고 착하게 자라는 것을 보며 힘을 얻어 보지만 나의 어깨는 무거웠어요.

잘 자란 아이들은 모두 성인이 되어 출가한 후에도 여전히 가족을 위해 일하며 건강한 나의 모습을 보여 주기 위해 열심히 살아가지요. 각자의 길을 가는 자식들을 항상 응원하고 기도하면서.

아이들의 합창이 "엄마 아빠 우리가 이렇게 잘 자란 건 부모님 덕분입니다. 감사하고 사랑합니다. 오래도록 저희와 함께 해주세요." 라고 하네요.

순간 나는 지나온 날들이 주마등처럼 지나며 눈물이 솟구치는 것을 누르고 한명 한명 바라보았어요.

"내가 힘들었던 시간도 있었지만 너희가 있어 그 모든 고생이 의미가 있었단다."

이젠 승복과 함께 지나온 날들을 사진첩에서 하나 하나 꺼내어 회상하며 웃고 울며 살아가고 있습니다.

“내가 힘들었던 시간도 있었지만 너희가 있어 그 모든 고생이 의미가 있었단다.”

이젠 승복과 함께 지나온 날들을 사진첩에서 하나 하나 꺼내어 회상하며 웃고 울며 살아가고 있습니다.

세 번째 이야기

엄마와 코스모스

한기향

엄마와 코스모스

햇살이 부드럽게 내려앉는 어느 날, 나는 무작정 차에 올라 엄마에게 향했다.

“엄마, 우리 꽃 구경 가자. 코스모스가 한창이래. 바람 따라 살랑이는 꽃밭에서 놀다 오자.”
“아휴, 할 일도 많고 다리도 아파서 멀리 가긴 힘들어. 너 혼자 다녀와.”

나는 살짝 웃으며 물 한 병과 사탕을 챙겼다.

“괜찮아요, 천천히 걸으면 되지, 그냥 꽃 보면 기분 좋으니까, 엄마랑 추억 여행하며 사진도 찍고 맛있는 것도 먹고 오자. 응.”

차에 오르자 엄마는 언제나처럼 조용히 눈을 감으셨다. 멀미가 난다며 창밖을 잘 보지도 않으셨지만, 나는 아쉬운 마음에 살짝 창문을 열었다. 바람이 부드럽게 스쳐 가며 따뜻한 향기를 전해주었다.

그런데 신기하게도 꽃밭에 도착하자마자 엄마는 눈을 뜨셨다. 마치 잠을 자지 않으셨다는 듯, 반짝이는 눈빛으로 주위를 둘러보셨다.

코스모스가 가득한 들판은 하늘의 별들이 땅 위에 내려앉은 듯 찬란하게 반짝이고 있었다. 엄마도 그 아름다움에 감탄하며 작은 목소리로 말했다.

“와… 정말 곱다. 이렇게 많은 코스모스를 본 게 언제였더라.”

나는 살짝 웃으며 엄마에게 다가갔다.

“엄마, 사진 한 장 찍자.”
“아휴, 사진은 무슨 사진. 늙어서 사진도 안 예쁘게 나와.”

나는 휴대폰을 꺼냈다.

“엄마는 언제나 예뻐!”
‘브이’ ‘김치’ ‘스마일’ ‘사랑해’

그러자 엄마는 못 이기는 척 손가락으로 브이를 그리며 소녀처럼 환하게 웃으셨다. 그 순간, 엄마의 미소는 꽃보다 더 빛나는 듯했다.

엄마는 코스모스를 살며시 쓰다듬으며 조용히 말씀하셨다.

“향이야, 꽃들은 말이야, 말 한마디 안 해도 수많은 이야기를 들려줘. 바람에게 꿈을 전하고, 햇살에게 사랑을 속삭이거든.”

엄마의 손길이 꽃잎 위에서 머물렀다. 꽃을 바라보는 엄마의 눈빛에는 따스한 햇살이 담겨 있었다.

“엄마는 꽃을 참 좋아한단다. 집에서도 작은 화분들을 키우면서 잡념도 사라지고, 꽃이 피어날 때면 마음이 얼마나 행복한지 몰라.”

나는 엄마의 손을 잡고 말했다.

“엄마는 꽃을 닮았어. 따뜻하고 아름답고… 그리고 늘 곁에 있으면 언제나 행복해.”

엄마는 나를 보며 환하게 웃으셨다.

“그럼 너는 내 꽃씨겠네. 내 안에서 자라난 작은 씨앗이 이렇게 예쁘게 피어났구나. 고맙다, 향이야.”

나는 꽃밭을 걸으며 문득 궁금해졌다.

“근데 엄마는 살면서 힘든 일이나 후회되는 일이 있었어?”

엄마는 잠시 꽃밭을 바라보다가 조용히 대답하셨다.

"당연히 있지. 그런데 시간이 지나면 그 선택들 때문에 내가 지금 여기 있는 거잖아. 후회도 힘든 일도 결국 나를 만들어주고 버텨주는 힘이 되더라."

나는 엄마의 말을 곰곰이 되새기며 말했다.

"엄마, 나는 엄마가 있어서 버티는 힘이 더 큰데… 그리고 요즘은 시간이 너무 빨리 가는 것 같아."

엄마는 고개를 끄덕이며 멀리 코스모스가 흔들리는 모습을 바라보셨다.

"엄마도 그래. 너희 어릴 때는 하루가 길었지. 그런데 자식들이 점점 자라니 하루가 짧아지더라. 너희들이 클수록 내가 너희랑 보낼 시간이 줄어드는 것 같기도 하고…"

나는 엄마의 손을 꼭 잡았다.

“그럼 이제 시간이 더 빨리 가기 전에 엄마랑 많이 이야기하고 많이 안아주고 추억도 쌓으며 사랑하며 살자. 알았지, 엄마?”

엄마는 조용히 나를 바라보며 미소 지으셨다. 그 눈빛은 깊었고, 그 무엇보다도 아름다웠다.

우리는 꽃밭 한가운데 앉아 서로를 바라보며 환하게 웃었다. 바람이 꽃의 향기를 품어 우리의 이야기를 속삭이듯 전했다. 우리의 추억과 사랑이 코스모스 향기와 함께 퍼져 나가며, 작은 꽃잎들이 바람을 타고 우리 곁을 맴돌았다.

“꽃을 사랑하는 마음은 나이를 먹지 않는단다. 내 마음속엔 언제나 꽃밭이 있어. 향이는 언제든 그 꽃밭에서 뛰어놀아도 돼.”

나는 엄마의 팔짱을 끼고 천천히 걸었다. 엄마의 숨결 속에서 느껴지는 따뜻하고 부드러운 사랑이 온 마음에 스며들었다. 코스모스는 바람을 타고 우리의 이야기를 속삭였고, 향기로운 추억이 한 송이 꽃처럼 피어났다. 우리는 꽃처럼 따스한 이야기를 나누며 엄마가 좋아하는 막국수와 수육을 먹었다. 시간은 어느새 행복으로 가득 차 있었다.

“엄마, 기분 좋지? 행복하지?”

엄마는 조용히 고개를 끄덕이며 말했다.

"응, 너무 행복하다. 향이야, 시간 내어줘서 고맙다. 우리 또 오자."

나는 환하게 웃으며 대답했다.

"응, 엄마. 또 추억 여행 가자. 기대해!"
"엄마, 기분 좋지? 행복하지?"

엄마는 조용히 고개를 끄덕이며 말했다.

"응, 너무 행복하다. 향이야, 시간 내어줘서 고맙다. 우리 또 오자."

나는 환하게 웃으며 대답했다.

"응, 엄마. 또 추억 여행 가자. 기대해!"

네 번째 이야기

복조리의 비밀

이연순

복조리의비밀

음력 1월1일 설날이다.

깊고 고요한 새벽, 차가운 겨울바람이 살며시 대문을 스치고 지나갔다. 그 순간, 어둠 속에서 무언가가 "툭" 떨어지며 눈 쌓인 마당 위에 가만히 내려앉았다.

"엄마! 뭔가 떨어졌어요!"

나는 이불 속에서 빠져나와 대문 쪽으로 다가갔다. 흰 입김이 나오는 찬 공기 속에서, 나는 눈을 크게 뜨고 마당을 살폈다. 그곳에는 반짝이는 리본으로 묶인 조리 두 개가 놓여 있었다.

대나무 결이 선명한 새 조리는 마치 선물처럼 곱게 빛나고 있었다.

엄마는 조용히 다가와 조리를 집어 들고 미소를 지었다.

“또 복조리가 왔네.”

우리 집은 조용한 시골 마을의 끝자락에 자리 잡고 있다. 마당에는 흰 눈이 소복하게 쌓여 있었고, 앙상한 나뭇가지들은 하얀 눈꽃을 머금고 서 있었다.

먼 산에서는 닭이 우는 소리가 희미하게 들려왔고, 장독대 위에는 눈꽃이 피어 있었다. 부엌에서는 장작불이 타오르는 소리와 함께 구수한 국 냄새가 퍼지고 있었다. 연기가 피어오르는 굴뚝에서는 설날 아침의 따뜻한 기운이 감돌았다.

나는 엄마를 따라 부엌 옆에 있는 작은 평상으로 갔다. 평상은 오래된 나무로 만들어져 있었고, 살짝 삐걱거리는 소리를 냈다. 마당을 내려다볼 수 있는 이곳에서 우리는 자주 이야기를 나누곤 했다. 엄마는 나를 옆에 앉히고 조리를 손에 쥐었다.

나는 신기한 듯 엄마의 손을 쳐다보았다. 엄마는 조리를 빙글빙글 돌리며 말했다.

"이 조리는 그냥 조리가 아니라 복조리야. 1년 내내 집에 걸어두면 우리 집에 복이 가득 쌓인다고 하시더라."

"복조리, 복조리? 그게 뭐예요?"

나는 조리를 만져 보며 물었다.

"근데 누가 놓고 간 거예요?"

엄마는 빙긋 웃으며 대답했다.

"복조리 장수가 밤사이 담장을 넘겨 마당에 던져 놓고 간 거지."

나는 깜짝 놀라며 주위를 둘러보았다.

"그러면 아저씨는 어디 계세요?"

"글쎄, 복조리 장수는 모습을 보이지 않아. 그냥 이렇게 조리만 남겨 놓고 간다니까. 그리고 오후쯤이 되면 값을 받으러 오실 거야."

"우와! 그럼 우리 동네에 복을 몰래 두고 가는 산타 할아버지 같은 거네요?"

엄마는 고개를 끄덕였다.

"그렇지. 그런데 복조리 값은 흥정하지 않아. 복조리 장수가 달라는 만큼 드리는 거야. 복을 돈으로 깎을 수는 없는 일이니까."

나는 고개를 갸웃거렸다.

"그런데 엄마, 이 복조리는 왜 벽에 걸어요?"

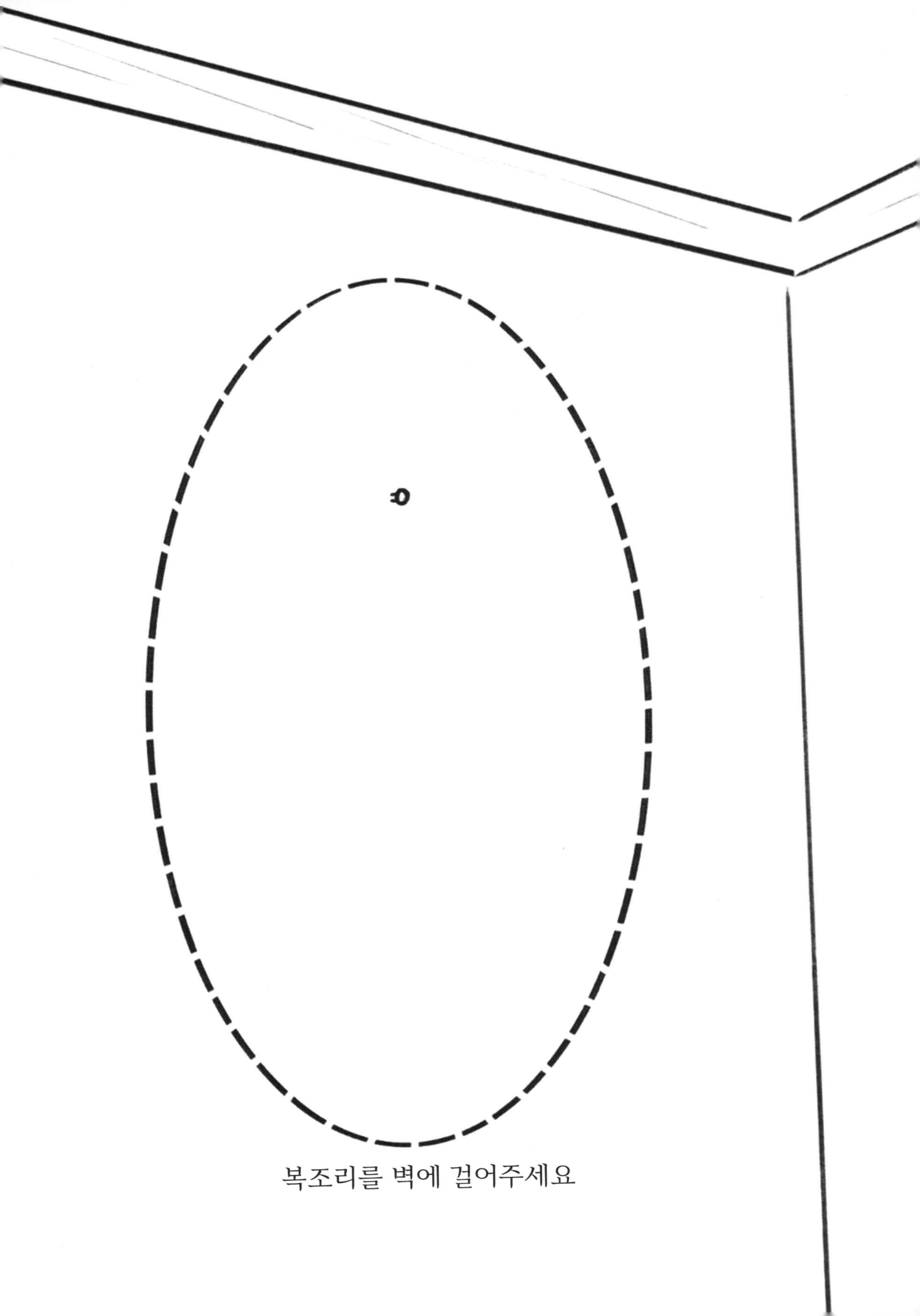
복조리를 벽에 걸어주세요

엄마는 조리를 벽에 걸며 말했다.

"복을 가져다주는 조리라서 그냥 1년 동안 벽에 걸어 두는 거지. 하지만 1년이 지나면 제 역할을 하기도 해."
"그게 뭐예요?"
"쌀을 씻을 때 손목 스냅을 이용해서 까딱까딱 하면서 쌀을 건지면, 무거운 돌은 가라앉고 깨끗한 쌀알만 남게 되거든."
"아! 그럼 이 조리에 쌀이 쌓이는 것처럼 복이 쌓여서 우리 집에 복이 쏟아지는 거예요?"

엄마는 웃으며 내 머리를 쓰다듬었다.

"맞아. 그래서 설날 아침 일찍 살수록 좋다는 말도 있어."

나는 한동안 벽에 걸린 복조리를 바라보다가 중얼거렸다.

“근데 요즘은 쌀에 돌이 없잖아요. 그래서 조리를 잘 안 쓰는 거죠?”

엄마는 잠시 생각하더니 씩 웃었다.

나는 벽에 걸린 복조리를 쳐다보며 조용히 다짐했다.

“그래도 난 이 조리가 복을 잔뜩 모아다 줄 거라고 믿을래요!”

그날 오후, 복조리 장수가 찾아왔다. 엄마는 아무 말 없이 그가 달라는 돈을 내어주었다.

‘1년 동안 저 복조리가 우리 집에 행운을 가져다주겠지?’

나는 벽에 걸린 복조리를 향해 살며시 손을 뻗어보았다. 손끝에서 전해지는 대나무의 감촉이 왠지 모르게 든든하게 느껴졌다.

‘내년 설날에도 복조리를 만날 수 있을까?’

나는 살짝 미소를 지으며 마당을 바라보았다. 차가운 겨울 공기 속에서도 어딘가 포근한 기운이 감돌았다. 새로운 한 해가 좋은 일들이 복조리에 가득 차길 바라면서 나는 조용히 속삭였다.

“올 한 해 모두에게 복이 가득하길.”

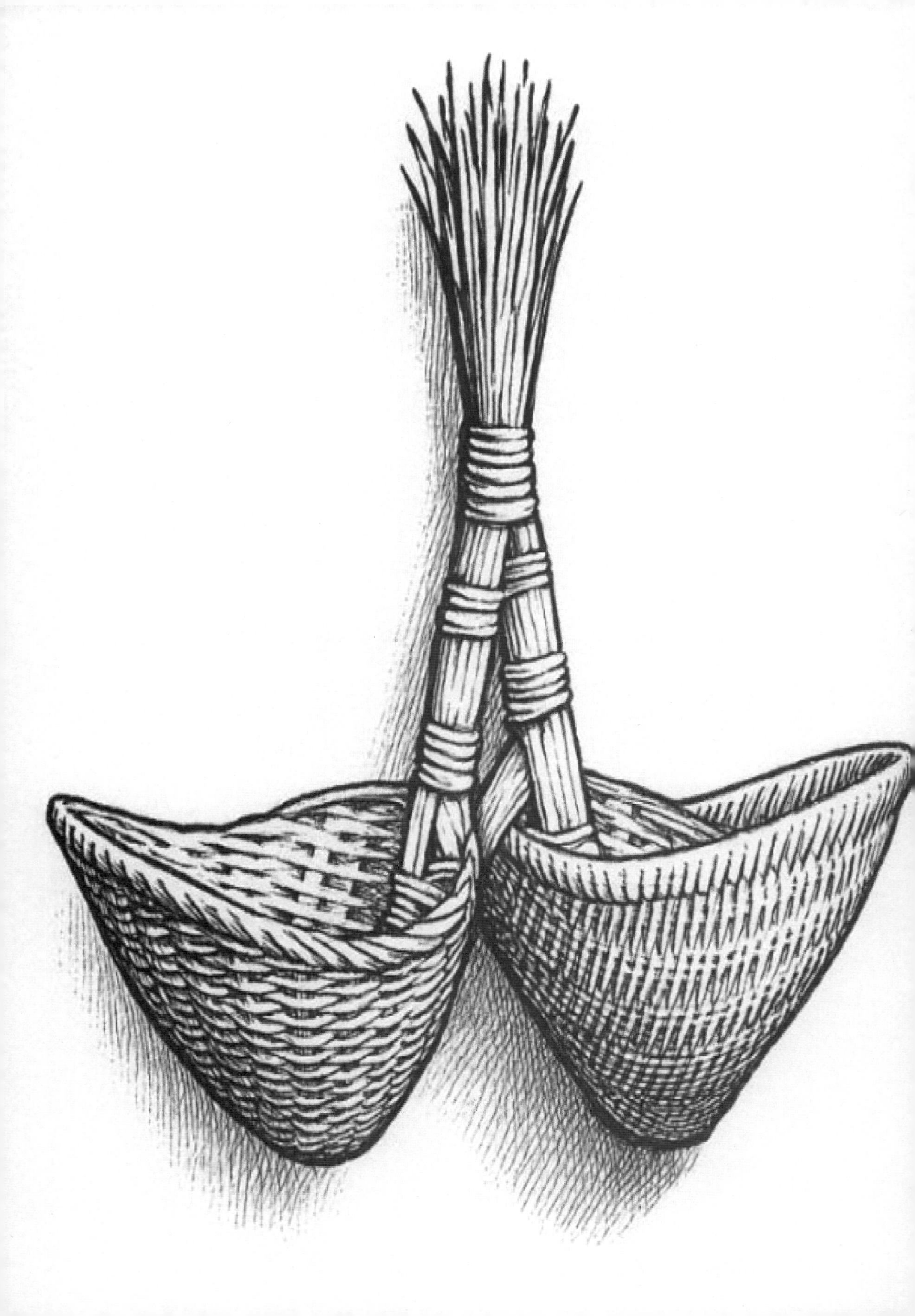

다섯 번째 이야기

따뜻한 만두 한 알

최기분

따뜻한 만두 한 알

어느 작은 마을에 만두를 잘 빚으시는 할머니가 살고 있었어요. 할머니는 작은 만두 가게를 운영하며 하루하루 살아가고 있었답니다. 할머니의 만두는 손으로 빚어 정성껏 만든 것이라 아주 맛있었지만 마을 사람들은 할머니의 가게보다 크고 화려한 식당을 더 자주 찾았어요

매서운 추위가 눈보라와 함께 찾아 온 겨울 날 거리는 텅 비어 조용했고 가게에는 손님이 거의 오지 않았지요 할머니는 쓸쓸한 가게 안에서 혼자 만두를 빚으며 한숨을 내쉬었어요

“오늘도 팔지 못하면 내일 쌀 한 되 사기도 어려울 텐데…”

배추
무
마늘
고추
대파
들기름
부추
숙주
생강
소금
당면
돼지고기
곰표
밀가루
두부

하지만 할머니는 포기하지 않았어요. 추운 날도 쉬지 않고 열심히 만두 속과 만두 피를 한 알 한 알 정성껏 만들었지요

그러던 어느 날, 작은 발걸음 소리가 들렸어요. 문을 열고 들어온 아이는 몹시 치쳐보아는 작은 아이였어요. 아이는 얇은 옷을 입고 있었고, 볼이 빨갛게 얼어 있었지요. 아이는 두 손을 꼭 모으고, 조심스럽게 입을 열었어요.

“저… 만두 한 알만 주시면 안 될까요?

할머니는 잠시 망설였지만, 이내 따뜻한 미소를 지으며 말했어요.

"어서 이리 와서 앉으렴. 따끈따끈한 만두 한 알 먹어 보거라."하였어요.

아이의 손에 만두 한 개를 쥐어주었어요, 아이는 눈물을 글썽이며 한 입 베어 물었어요.

"정말 고마워요, 할머니. 너무 맛있어요."

배가 고팠던 아이는 허겁지겁 만두를 먹어 치웠어요. 따뜻한 김이 모락모락 올라오고, 속이 뜨뜻해지자 아이는 조용히 미소를 지었지요. 배뿐만 아니라 마음까지 따뜻해지는 기분이었어요.

"애야, 배고프면 언제든 찾아 오너라."
"할머니, 고맙습니다!"

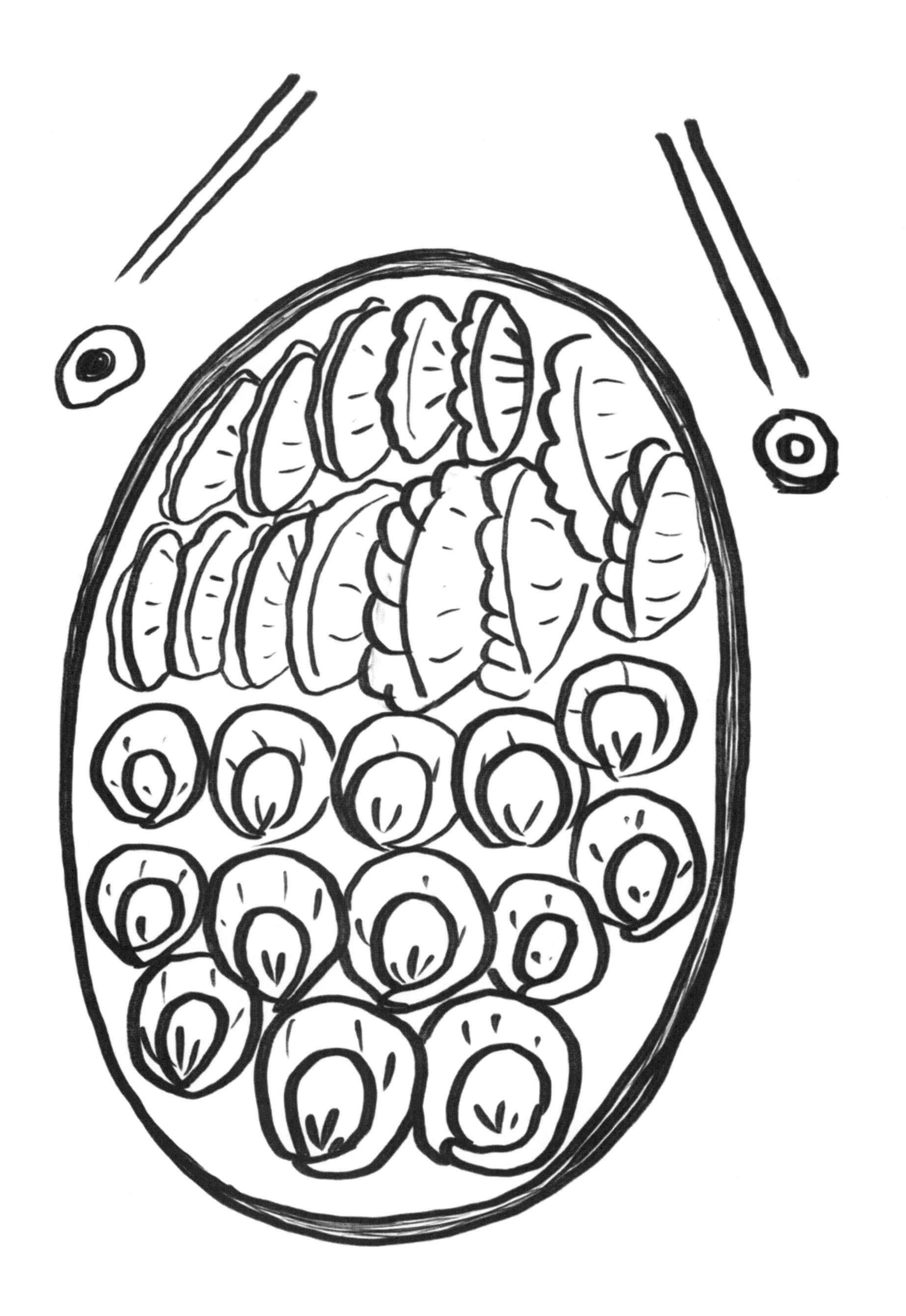

그날 이후, 아이는 자주 가게를 찾았어요. 할머니는 아이에게 만두를 건네며 따뜻한 이야기를 나누었고, 아이는 어느새 가게의 단골손님이 되었지요.

그러던 어느 날, 한 손님이 지나가다 가게 문을 열고 들어왔어요.

"할머니, 만두 1인분 주세요."
"네, 어서 오세요, 손님, 잠시만 기다리세요."

할머니는 만두를 정성껏 끓여 손님에게 내 놓았어요.

"할머니, 만두가 정말 맛있네요. 요즘 이 가게에서 따뜻한 이야기가 흘러 나오던데요."

그후, 많은 사람들이 하나둘씩 가게를 찾기 시작했어요. 사람들은 따뜻한 만두와 함께 할머니의 온정 어린 손길을 느꼈고, 가게는 점점 활기를 되찾았어요. 만두를 먹고 간 손님들은 마을 곳곳에 소문을 냈지요.

"그 가게의 만두는 단순한 음식이 아니야. 따뜻한 기적을 만드는 곳이야."

시간이 흘러 계절이 몇 번 바뀌었어요. 추운 겨울이 지나고, 봄이 찾아왔어요. 그동안 마을 사람들에게 사랑받던 가게는 더욱 따뜻한 공간이 되었지요.

어느 날, 할머니는 익숙한 발소리를 들었어요. 문을 열어보니, 예전에 배고픈 모습으로 찾아왔던 작은 아이가 밝은 얼굴로 서 있었어요.

이제는 키도 자라고, 옷도 깨끗한 모습이었어요.

"할머니! 저 왔어요!"

아이의 얼굴에는 예전과 다른 활기가 가득했어요. 할머니는 기쁜 마음으로 아이를 맞이하며 자리에 앉혔어요.

"잘 지냈니, 얘야?"

아이의 눈이 반짝였어요.

"네, 할머니 덕분에 잘 지냈어요. 그때 먹었던 따뜻한 만두 덕분에 힘낼 수 있었어요. 그래서 저도 이제 어른이 되면 할머니처럼 따뜻한 만두를 빚고 싶어요."

할머니는 아이의 손을 꼭 잡으며 미소 지었어요.

“만두는 단순한 음식이 아니란다. 그것은 사람의 마음을 채우고, 추운 겨울을 이겨내게 하는 따뜻한 기적이지.”

그 후로도 할머니의 가게에는 늘 따뜻한 김이 모락모락 피어올랐고, 만두는 마을 사람들의 마음을 포근하게 채워주었지요.

저녁까지 만두가 남은 날은 가난한 이웃 문고리에 만두 봉지가 걸려 있었고, 만두 할머니의 새벽 문고리에는 누가 걸어 놓았는지 모를 하얀 쌀 봉지가 걸려 있었어요. 그리고 그 작은 마을에는, 늘 따뜻한 만두 향기가 가득했답니다.

여섯 번째 이야기

춘만이네 따뜻한 사랑방

임춘만

춘만이네 따뜻한 사랑방

공기 좋고 작은 마을에 춘만이라는 여장부가 살았어요. 춘만이는 젊었을 때 참으로 호기심 많고 활기 넘치는 사람이었답니다.

동네 잔치면 잔치, 산 너머 장터면 장터, 춘만이가 가는 곳마다 웃음꽃이 피고 사람들 사이에서 인기 만점이었죠.

“춘만아, 너만 오면 이렇게 신이 나니! 너 덕분에 마을이 늘 들썩거려.”
“그럼! 사람은 함께 어울려야 사는 맛이 나지 않겠어?”

그런데 세월은 누구도 피해 가지 못하는 법. 춘만이도 어느새 무릎이 시큰거리고 허리가 쑤셔서 여기저기 놀러 다니기가 어려워졌어요.

“에구, 예전 같지가 않네. 이제 장터 한 번 가는 것도 일이라니까.”

춘만이는 씩 웃으며 푸념했지만, 마음 한편으로는 친구들과의 수다와 웃음소리가 점점 그리워졌답니다.

그러던 어느 날, 춘만이는 멋진 생각을 떠올렸어요.

"그래! 내가 나갈 수 없다면, 친구들이 나를 찾아오면 되잖아?"

그날부터 춘만이는 부지런히 사랑방을 준비하기 시작했어요. 방바닥을 따끈따끈하게 데우고, 커다란 항아리에는 노릇노릇한 누룽지를 가득 채웠지요.

"이제 언제든 찾아와도 따뜻한 누룽지 맛을 볼 수 있겠지."

또한, 텃밭에 나가 상추, 고추, 오이 같은 야채를 정성껏 심었어요.

"이 야채들이 잘 자라면 친구들에게 나눠 줘야지."

콧노래를 흥얼거리며 부지런히 손을 움직이는 춘만이의 얼굴에는 설렘이 가득했어요.

얼마 지나지 않아 춘만이네 사랑방은 마을 친구들의 발걸음이 끊이질 않았어요.

"춘만아, 너희 집 방바닥은 어쩜 이렇게 따뜻하니?"
"이게 바로 내 특제 사랑방 서비스지! 어서 와서 손도 녹이고, 수다도 한 판 떨고 가야지."

친구들은 춘만이네에 오면 다들 옹기종기 모여 앉아 맛난 누룽지를 나눠 먹으며 한바탕 웃고 떠들었어요.

"춘만아, 네가 심은 고추는 왜 이렇게 아삭하고 맛있어? 비법 좀 알려줘!"
"비법? 내 웃음소리 덕분이지! 심을 때마다 깔깔 웃어 주면 야채도 행복해지거든."

모두가 깔깔대며 웃었어요. 춘만이네 사랑방에서는 매일매일 재미난 이야기와 맛있는 음식이 끊이질 않았어요. 친구들은 돌아가면서 옛날이야기를 꺼내놓았고, 때로는 마을 소식을 나누며 웃고 울기도 했답니다.

어느 날, 마을에서 가장 연장자인 김 할머니가 오셨어요. 김 할머니는 따뜻한 차 한 잔을 마시며 말했어요.

"춘만아, 네가 있어 우리 마을이 참 정겹구나. 요즘처럼 다들 바쁘게 사는 세상에, 이렇게 모여서 이야기 나눌 수 있는 곳이 있다는 게 참 좋아."

그 말을 들은 춘만이는 마음이 뭉클해졌어요. 그녀가 단순히 친구들과 놀기 위해 사랑방을 만든 것이었지만, 그곳은 이제 마을 사람들의 따뜻한 쉼터가 되었던 거예요.

그날 밤, 춘만이는 사랑방 문을 열어 두고 하늘을 바라보았어요.

“내일도 많은 친구들이 오겠지?”

그녀의 마음속에는 따뜻한 기대가 가득했어요.

이제 춘만이의 사랑방은 더 큰 변화를 맞이하게 되었어요. 마을 어귀에서 사랑방 소문이 퍼지자, 근처 마을에서도 사람들이 찾아오기 시작했어요.

“춘만이네 사랑방에서 나누는 이야기, 정말 재미있다더라.”
“우리도 가 볼까? 따뜻한 차와 누룽지를 맛볼 수 있다는데!”

그렇게 점점 많은 사람들이 사랑방을 찾게 되었고, 춘만이는 더 많은 사람들에게 편안한 쉼터를 제공하기 위해 사랑방을 조금씩 넓혀 갔어요. 벽장에는 손님들이 편히 쉴 수 있도록 푹신한 방석을 준비했고, 텃밭도 더 넓혀 여러 가지 채소를 기르게 되었지요.

사랑방에는 이제 옛이야기를 들려주는 할머니, 마을 소식을 나누는 아낙네들, 직접 만든 수공예품을 자랑하는 장인들이 하나둘 모이기 시작했어요.

사랑방은 마을의 중요한 중심지가 되었고, 새로운 손님을 맞이할 때마다 춘만이는 더욱 활기차게 맞이했답니다.

오늘도 사랑방 문은 활짝 열려 있어요.

"어서 와요! 따뜻한 차 한 잔과 한바탕 웃음이 기다리고 있어요."

춘만이와 함께라면 웃음과 행복은 덤으로 따라올 거예요.

일곱 번째 이야기

매듭의 마법사 광빈이

김광빈

매듭의 마법사 광빈이

작은 마을에 살고 있는 광빈이는 손끝으로 세상을 물들이는 특별한 재능을 가진 아이였어요. 그의 재능은 바로 매듭 뜨개질이었지요. 단순한 실타래가 그의 작은 손가락을 거치면 아름다운 장식품, 따스한 목도리, 반짝이는 가방으로 변했어요.

하지만 처음부터 쉬운 일은 아니었다. 광빈이는 처음 매듭을 배울 때 실수가 많았어요. 얽히고설킨 실 더미 앞에서 한숨을 쉬고, 여러 번 손끝을 실에 감았다 풀기를 반복했어요.

“왜 이렇게 엉키는 거지?”

광빈이는 눈살을 찌푸리며 한참을 고민하다가도 다시 도전지요. 하지만 마음처럼 풀리지 않는 실타래를 볼 때면 속상해 눈물이 맺히기도 했어요.

그럴 때마다 마을 어귀의 할머니가 다정하게 말해주셨어요.

“매듭은 인생과 같단다. 풀리지 않을 것 같아도 끝까지 마음을 쓰면 언젠가 다 풀리게 되어 있지.”

그 말을 듣고 광빈이는 더 이상 포기하지 않기로 했어요. 그는 매일 실과 씨름하며 매듭을 하나하나 익혀 나갔지요. 손가락 끝이 빨갛게 될 정도로 연습한 끝에 드디어 작은 열쇠고리를 완성했을 때, 광빈이는 가슴이 벅차올랐어요.

“내가 해냈어!”

광빈이의 얼굴에는 처음으로 환한 미소가 피어났어요.

시간이 지나면서 광빈이는 점점 더 복잡한 패턴에도 도전하기 시작했고, 그의 작품은 마을 사람들의 사랑을 받기 시작했어요.

겨울이 다가오던 어느 날, 광빈이는 친구들에게 따뜻한 선물을 주고 싶어졌어요. 그들은 자신이 소중히 여기는 친구들이었고, 그들을 위해 무언가를 만들고 싶었지요. 광빈이는 한 올 한 올 정성을 담아 친구들에게 어울리는 뜨개 작품을 만들기 시작했어요.

노란색을 좋아하는 기분이를 위해서는 밝고 따뜻한 노란색 목도리를, 꽃을 좋아하는 민준이를 위해서는 꽃무늬 장식을 넣은 장갑을, 책을 좋아하는 윤희를 위해서는 책 모양의 열쇠고리를 만들었어요.

작품을 만드는 동안 광빈이는 친구들을 떠올리며 미소를 지었어요.

기분이가 목도리를 두르고 기뻐하는 모습, 민준이가 손을 녹이며 행복해하는 모습, 윤희가 열쇠고리를 손에 쥐고 좋아할 모습을 상상하니 가슴이 두근거렸어요.

실을 하나씩 엮을 때마다 그들에게 전하고 싶은 따뜻한 마음도 함께 실려 가는 듯했어요.

마침내 선물을 전하는 날, 친구들은 선물을 받고 깜짝 놀라며 기뻐했어요.

"광빈아, 너는 정말 마법사야! 이렇게 따뜻하고 예쁜 선물을 받을 줄 몰랐어!"

친구들은 눈을 반짝이며 광빈이를 꼭 끌어안았어요.

광빈이는 부끄러우면서도 행복한 마음으로 말했어요.

“마법이 아니라 내 마음이야. 실을 엮을 때마다 너희 생각을 했거든.”

그날 이후로 광빈이는 친구들뿐만 아니라 마을 사람들에게도 작은 행복을 선물하며 살아가게 되었어요.

광빈이의 매듭은 단순한 실이 아니라 마음과 마음을 연결하는 다리가 되었고, 사람들은 그를 '매듭의 마법사'라고 부르게 되었어요.

광빈이의 작은 작품들은 추운 날에도 모두의 마음을 따스하게 데워주고 있었지요.

빵과 효소의 마을, 광빈이 이야기

광빈이는 무엇보다 빵을 사랑했지요. 아침, 점심, 저녁, 밥 대신 빵을 먹는 것이 세상에서 가장 행복한 일이었죠. 바삭한 크로와상, 폭신한 식빵, 달콤한 슈크림빵까지, 단팥빵까지 무엇이든 좋아했어요.

하지만 광빈이에게는 빵만큼이나 사랑하는 또 하나의 취미가 있었으니, 그것은 바로 효소 담그기였습니다.

광빈이는 계절마다 자연에서 나는 재료를 모아 맛있고 건강한 효소를 만들었어요.

"효소는 자연의 마법이야. 기다릴수록 더 깊은 맛을 내지!"라고 자랑스럽게 말하곤 했답니다.

봄이 되면 광빈이는 산딸기와 꽃잎을 모아 핑크빛 효소를, 여름에는 복숭아와 자두로 상큼한 효소를 담갔어요. 가을엔 잘 익은 감과 호박으로 따뜻한 맛을 내고, 겨울에는 유자와 생강으로 향긋하고 건강한 효소를 준비했죠. 효소가 완성될 때마다 그녀는 병에 담아 라벨을 붙이며 소중히 보관했답니다.

효소로 빵을 만드는 것은 광빈이의 특별한 즐거움이었어요. 효소를 반죽에 넣으면 빵이 더 폭신하고 달콤한 맛이 났거든요.

어느 날, 광빈이는 친구들을 위해 큰 빵 파티를 열기로 결심했습니다.

"모두 내 집으로 오세요! 맛있는 빵과 효소차를 준비했어요!"

광빈이는 마을 곳곳에 초대장을 돌렸어요.

그날, 그녀는 효소로 만든 빵을 구웠습니다. 복숭아 효소를 넣은 달콤한 머핀, 유자 효소로 만든 촉촉한 파운드케이크, 감 효소로 만든 고소한 식빵까지. 부엌에서는 맛있는 빵 냄새가 가득 퍼졌죠.

잔치 파티날, 친구들은 광빈이의 집으로 모여들었어요.

"이게 정말 효소로 만든 빵이야?"

모두가 놀라며 한입 베어 물었죠.

"와, 이건 마법의 맛이야!"

광빈이는 웃으며 말했어요.

“효소는 기다림과 자연의 선물이야. 그래서 이렇게 맛있는 빵이 되는 거지!”
"진짜 맛있니? 친구들아."

친구들이 맛있게 먹는걸 보니 마냥 행복했지요. 파티가 끝난 뒤에도 시간이 될 때마다 광빈이는 친구들과 함께 효소를 담그고, 효소 빵을 나누며 행복을 전했답니다. 그녀의 효소와 빵은 단순한 음식이 아니었어요.

아름다운 사랑의 메신저가 되어주고 사람의 마음을 따뜻하게 녹여주기도 하고 그렇게 광빈이는 빵과 효소로 마을에 행복을 선물하며 살아가고 있답니다.

여덟 번째 이야기

송인종 선생님께 보내는 편지

신주영

송인종 선생님께 보내는 편지

선생님께,

문득 창밖을 바라보다가, 오래전 고등학교 시절이 떠올랐습니다. 그리고 그 시절을 떠올릴 때면 언제나 선생님 생각이 납니다. 저에게 수학을 가르쳐 주셨던, 아니, 단순한 수학 수업 그 이상을 전해주셨던 송인종 선생님. 시간이 이렇게 많이 흘렀어도, 선생님께서 제 이름을 불러주시던 그 순간들이 아직도 선명하게 남아 있습니다.

처음 수학을 배울 때 저는 숫자가 빼곡한 문제들을 보면 한숨부터 쉬곤 했습니다.

공식들이 무슨 뜻인지도 모르겠고, 도대체 어떻게 풀어야 하는지도 몰라 매번 주눅이 들었습니다.

하지만 선생님께서는 항상 학생들의 이름을 불러주시며, 따뜻한 목소리로 질문을 던지셨지요.

"신주영 학생, 1번 문제를 읽어볼까요?"

그 순간의 떨림을 지금도 기억합니다. 내 이름이 교실에서 울려 퍼진다는 것이 낯설기도 하고, 두렵기도 했지만, 선생님의 다정한 음성이 신기하게도 저를 안심시켜 주었습니다. 한 글자, 한 글자 조심스럽게 문제를 읽어나가며, 저는 수학이라는 세계를 향해 첫 발을 내디뎠습니다.

그때부터 선생님의 수업 방식은 저를 변화시키기 시작했습니다. 선생님은 매일 열 문제씩 노트에 옮겨 풀도록 숙제를 내주셨고, 일주일에 한 번 공책을 걷어가셨습니다.

그리고 공책이 다시 돌아올 때마다 마지막 문제 옆에는 '검' 도장이 찍혀 있었습니다. 작은 도장이었지만, 그것은 제게 커다란 응원이었습니다. '나는 할 수 있다'라는 생각이 점점 커져 갔고, 그 도장을 받을 때마다 수학이 조금 더 가깝게 느껴졌습니다.

수업 시간도 특별했습니다. 선생님께서는 학생 한 명 한 명과 눈을 맞추며 차근차근 문제를 설명해 주셨고, 모르는 것이 있으면 절대 혼자 고민하지 않게 해주셨습니다. 선생님이 수업을 하시는 모습은 마치 한 편의 이야기 같았습니다.

숫자와 기호가 흩날리는 혼란스러운 세계 속에서도 길을 찾는 방법을 배웠고, 공식이 단순한 암기가 아니라 이해하는 것임을 깨닫게 되었습니다.

시험도 마찬가지였습니다. 매주 10문제 시험을 보고, 짝꿍과 서로 채점한 후 기준 점수에 미치지 못하면 교실 뒤로 나가야 했습니다. 그리고 선생님은 살짝 볼을 꼬집으며 말씀하셨지요.

"다음엔 더 잘할 수 있어요. 포기하지 마세요."

처음에는 왜 이렇게까지 하실까 싶었습니다. 하지만 시간이 지나면서 깨달았습니다. 선생님의 작은 꼬집음은 벌이 아니라 격려였습니다. 다음번에는 꼭 더 잘하고 싶다는 마음이 생겼고, 그 마음이 저를 움직이게 했습니다.

그렇게 시간이 흐르며, 저는 점점 수학을 좋아하게 되었습니다.

처음엔 단순히 선생님께 칭찬받고 싶어서, 도장을 받고 싶어서 더 열심히 했습니다. 하지만 어느 순간부터는 문제를 풀면서 느껴지는 작은 성취감이 저를 더 끌어당겼습니다. 친구들이 모르는 문제를 가져와 저에게 물어볼 때마다, 제 안에서 자신감이 싹트는 것을 느꼈습니다.

그리고 어느 날, 선생님께서 제 공책을 유심히 들여다보시더니 이렇게 말씀하셨습니다.

"신주영 학생, 점점 더 논리적으로 사고하는 게 보여요. 정말 훌륭합니다."

그날 저는 집으로 가는 길 내내 행복했습니다. 세상에서 가장 큰 칭찬을 받은 것 같았고, 제 안에서 뭔가가 확실하게 변하고 있음을 느꼈습니다.

그렇게 선생님과 함께한 2학년의 시간이 지나고, 졸업이 다가왔습니다. 졸업식이 끝나고 마지막으로 인사를 드리러 갔을 때, 저는 떨리는 마음으로 선생님 앞에 섰습니다.

"선생님, 감사합니다. 선생님 덕분에 수학을 좋아하게 되었어요."

선생님께서는 환하게 웃으시며 말씀하셨습니다.

"수학보다 더 중요한 건, 네가 네 가능성을 발견했다는 거예요. 앞으로도 무엇이든 도전해 보길 바라요."

그렇게 저는 학교를 떠났고, 세월이 흘렀습니다.

지금 저는 세 아이의 엄마가 되었고, 보육교사로 일하고 있습니다. 제 딸도 교사가 되어 학생들을 가르치고 있습니다. 아이들이 공부하는 모습을 볼 때면, 선생님이 떠오릅니다. 때로는 아이들에게 제 고등학교 시절 이야기를 들려줍니다.

어느 날, 딸에게 물었습니다.

"넌 왜 교사가 되고 싶었어?"

딸은 웃으며 대답했습니다.

"엄마가 들려준 송인종 선생님 이야기 때문이야."

그 순간, 저는 가슴이 뭉클해졌습니다. 35년이 지난 지금도, 선생님의 따뜻한 가르침이 제 삶 속에서 여전히 빛나고 있음을 깨달았습니다.

선생님, 혹시 지금도 어딘가에서 또 다른 학생의 이름을 불러주시고 계신가요? 저는 그렇게 믿고 싶습니다.

제게 용기와 자신감을 주셨던 것처럼, 지금도 선생님의 따뜻한 목소리가 누군가의 마음을 움직이고 있을 거라고요.

선생님께서는 제게 단순히 수학을 가르쳐주신 것이 아니라, 배우는 기쁨과 도전하는 용기를 알려주셨습니다. 그때의 경험 덕분에 저는 제 아이들에게도 같은 마음을 전하려고 합니다.

선생님께서 건강하고 평안하시길 바랍니다. 언젠가 꼭 다시 뵙고, 직접 감사 인사를 드릴 수 있었으면 좋겠습니다.

늘 감사한 마음을 담아,
제자 신주영 올림.

아홉 번째 이야기

바보 다람쥐들 이야기
-알콩달콩 씨콩씨콩

이경자

바보 다람쥐들 이야기
알콩달콩 씨콩씨콩

깊은 산골 숲속 마을에 다람쥐 총각이 살고 있었어요. 생긴 것도 멋있고 능력 있는 총각 다람쥐는 많은 처녀 다람쥐들의 선망의 대상이었지요.

“어쩜 저리도 멋질까?”
“동그란 눈, 긴꼬리 부드러운 털빛까지”

가슴이 뛰는 심장 소리가 다람쥐 마음을 설레게 했어요.

늘 총각 다람쥐 마음에 들게 하려고 여자 다람쥐들은 맛있는 밤이랑 도토리를 좋은 것으로 골라서 총각 다람쥐에게 갔다 주곤 했지요.

“저 여기 맛난 도토리예요.”
“도토리 보다 싱싱한 밤이 더 맛나지요.”
“이 열매는 도토리 중에 상 도토리여서 상수리 열매랍니다.”

총각 다람쥐는 모른척하고 자기의 창고를 처녀 다람쥐들에게 한 개씩 맡기기 시작했어요. 1호 2호 3호 4호 창고를 맡긴 후 그 창고에 맛있는 열매를 가득 채우게 하곤

“흠 정말 고맙소, 맛난 것을 가득 채워주시는 1호방에서 오늘은 놀다 가리다.”

총각 다람쥐는 오늘은 1호방 내일은 2호방 3호방 4호방 돌아가면서 처녀 다람쥐들과 정담을 속삭였지요. 사랑이란 이름으로 말이에요.

모든 창고는 겨울나기에 풍족하게 열매로 가득차기 시작 했어요.

“오늘은 3호방에서 놀다 가겠오.”
“오늘은 4호방으로.”

총각 다람쥐의 말에 이상하게도 게으르게 놀거나 불평을 말하는 다람쥐들이 한 마리도 없었어요.

어떻게 하면 자기 방에 총각 다람쥐를 오게 할수 있을까? 만 관심이 있는 듯 맛난 열매만 열심히 걷어 드렸어요.

처녀 다람쥐들이 맡은 방 창고에 밤이랑 도토리 싱싱한 머루 다래 개암 등 온갖 맛난 먹거리가 가득 채워진 어느 날 숲속 마을에도 흰 눈이 쌓이는 깊은 겨울이 찾아오게 되었지요.

다람쥐들은 제각기 자기 방에서 따뜻한 불을 지펴 놓고 예쁘게 몸 단장을 하고는 총각 다람쥐가 놀러 오기만을 기다렸어요. 창밖을 바라보며 귀를 쫑긋 세우고 바람에 나뭇잎이 굴러가도 총각 다람쥐인가 싶어 현관을 열어 보곤 했어요 .

다람쥐들은 모두 약속이나 한 듯 총각 다람쥐가 안 오는 날은 자기들이 모아 논 열매 중 가장 맛있는 것부터 먹으며 마음을 달래곤 했답니다.

한 개 두 개 먹다 보니 배가 나오고 몸골이 산 돼지를 닮아 갔지만 처녀 다람쥐들의 집에는 거울이 없었기에 자기들이 어떻게 변해가는지 알 수가 없었어요.

"아유 3호방 다람쥐는 꼭 산돼지 같아."
"뭐라구 2호방 다람쥐가 산돼지 같다."
"4호방도 마찬가지야."

총각 다람쥐는 서로들 말하는 소리를 들으며 "바보들 같으니 모두 산돼지 같구만." 하고 점점 그들을 보기가 싫어졌지 뭐예요.

“맛난 싱싱한 밤이 먹고 싶다.”
“주어 온지 오래 된 머루와 다래는 술이 되었구나.”

총각 다람쥐는 입맛이 변하기 시작했나 봐요.

밤만 찾더니 ‘말라서 싫다느니 상수리 도토리 맛이 없다느니 싱싱한 밤은 너희들이 다 먹어 치워 맛 없는 것만 남았다는둥’ 투덜대기 시작하는 거예요.

처녀 다람쥐들은 몸 놀리기가 둔해져서 쌓아 논 열매 중에 새로운 싱싱한 열매를 찾기에도 힘이 들었어요.

“맛만 좋구먼, 공연히 트집이시네.”
“알콩달콩 먹을 때는 언제고 지금은 모두 씨콩씨콩 하다 할까.”

처녀 다람쥐들도 총각 다람쥐의 변한 모습을 보게 되었어요. 옹달샘처럼 맑던 눈이 뿌연 흑탕 물 눈이 된 것 같고 기름기가 돌던 긴꼬리도 부스스 볼품없어 보였어요. 산속 마을의 겨울은 점점 깊은 설국 속으로 빠져가는 것 같았어요.

그때 가장 약하게 생기고 눈도 좋지 않아서 열매를 못 물어 들이던 1호 처녀 다람쥐가 살며시 문밖으로 빠져나와 눈길을 헤치고 밤나무 동산으로 달리기 시작 했어요. 맛난 밤이나 도토리를 늘 뒤늦게 창고에 들이던 1호 처녀 다람쥐는 총각다람쥐의 사랑을 제대로 받아 본적이 없었어요. 왜냐하면 몸이 약해서 열매를 모으는데 늘 꼴찌였으니까요. 그러나 1호 다람쥐의 기억 속에는 멋진 총각 다람쥐의 싱싱한 밤을 먹을 때 더 멋져 보였고 튼실한 신랑감처럼 느껴진 사랑의 마음이 남아 있었어요.

“총각 다람쥐의 사랑을 받으려면 싱싱한 밤을 찾아 오는 거야 그럼 나의 방에 신방을 꾸미고 나는 멋진 총각 다람쥐 닮은 아기 다람쥐 엄마가 되는 거야.”

약한 처녀 다람쥐는 행복한 꿈을 꾸기 시작했지요. 있는 힘을 다해 눈속에 묻힌 밤송이를 찾아 두손으로 파내기 시작 했어요.

밤송이 가시가 두손을 찔렀지만 그것은 문제가 되지 않았어요.

오직 멋진 아빠를 닮은 아기를 얻으려면 총각 다람쥐에게 싱싱한 밤을 먹게 해 주는 방법밖에 없다고 생각했으니까요.

약한 다람쥐는 드디어 커다란 밤 한톨을 주어 집으로 달려오기 시작 했어요. 총각 다람쥐의 좋아하면서 맛나게 먹던 모습과 사랑받을 것을 생각하니 자기의 약함도 잊은채 눈 덮힌 산길을 넘어져 굴으며 찢기우는 것도 개으치 않고 밤 한톨을 가슴에 꼭 품고 총각 다람쥐가 있는 집으로 돌아왔어요.

1호 다람쥐의 눈에는 피가 흐르고 있었지만 가슴에 품고 온 밤 한톨은 싱싱한 맛 그대로 총각 다람쥐에게 건네 줄 수가 있었지요. 총각 다람쥐의 얼굴에 불빛처럼 환한 웃음 꽃이 피여나기 시작 했죠.

"아 맛있네, 기운이 펄펄 난다. 오늘 밤은 이방에서 1호 다람쥐와 놀다가겠네."

1호 다람쥐의 방에서 알콩달콩 맛있게 밤을 먹는 소리가 창밖까지 들렸지요. 1호 다람쥐는 눈이 오나 바람이 부나 싱싱한 밤을 찾아다 총각 다람쥐의 밥상을 차려 주었어요. 그러려니 약한 다람쥐는 점점 눈도 안 보이고 팔다리도 예전과 같지 않았어요.

그런데 예전과 달리 다른 건강한 처녀 다람쥐들은 약한 1호 다람쥐 방에서 알콩달콩 소리가 들릴 때마다 질투가 나기 시작 했어요.

“총각 다람쥐가 오늘도 못난 다람쥐와만 놀아주네."
"못난 것은 1호가 아니라 2호 다람쥐지?”
“뭐라구? 내가 못났다구?”

2호 3호 4호 다람쥐들은 서로 싸우게 되고 집안이 시끄럽게 되었지요. 점점 이상한 소리가 총각 다람쥐 집에서 들리기 시작했어요.

총각 다람쥐의 집은 더 이상 멋지고 아름다운 집이 아니였어요. 돼지들의 집도 아니고 다람쥐 집도 아닌 고슴도치처럼 서로의 털을 세우기 시작하며 오직 누가 누가 잘 먹나 먹기 대회를 하는 듯 모아 논 열매를 "알콩달콩 알콩달콩" 먹어대기 시작했어요. 안 먹고 있으면 이빨이 길게 자라나기라도 하는 듯 말이예요.

총각 다람쥐에게는 싱싱한 밤 한톨도 먹어보라고 가져오는 다람쥐들이 없었어요. 총각 다람쥐는 1호 다람쥐 방에서 나오질 않았으니까요.

사실 총각 다람쥐는 욕심꾸러기들인 처녀들이 괴물로 변해가는 것 같아 보기가 싫은 점도 있었거든요.

“정말 착하고 예쁜 다람쥐는 당신이였다는 것을 몰랐군요. 사랑합니다.”

총각 다람쥐의 약한 다람쥐 방에서 들리는 달콤한 사랑의 속삭임은 2호,3호,4호 다람쥐들의 귀에 까지 들리기 시작 했어요.

욕심꾸러기 다람쥐들의 귀는 1호 방을 향해 토끼 귀처럼 나팔을 만들어 1호방문에 꽂혀 있었기 때문에 1호방에서 어떤 일이 일어나고 있는지 다 알수 있었어요.

총각 다람쥐는 1호 다람쥐가 모두 자기의 잘못된 생활 때문에 몸이 약해진 것이라고 뒤늦게 깨닫게 되었지요.

봄이 오면 2호, 3호, 4호 다람쥐들을 모두 내보내고 집안 청소를 말끔하게 하기로 생각했어요.

그때쯤이면 1호 다람쥐는 엄마 다람쥐가 되어 아빠 다람쥐를 닮은 아기 다람쥐들과 따뜻한 햇살 속에서 놀게 될테니까요.

지금도 숲속 다람쥐 마을 가족들의 식사시간에 나는 소리는 "알콩달콩 씨콩씨콩 아삭 아삭" 소리가 들리고 있다네요.

열 번째 이야기

방귀 원정대의 특별한 임무

이정숙

방귀 원정대의 특별한 임무

땡! 땡! 땡! 12시 배꼽시계가 정오를 알렸다.

모두가 하하호호 즐거운 점심시간을 맞이했지만, 우리 몸의 아랫마을에서는 지금부터 바쁜 일이 시작될 참이었다. 바로 방귀들이 모여 중요한 임무를 수행하는 시간이었다.

“애들아, 다 모였지?” 방귀대장 고약한이 힘찬 목소리로 외쳤다.

그때 요란한 소리를 내며 뿌르릉이 달려왔다. “오늘도 내가 1등이야!” 하지만, 스읏 방귀가 소리 없이 먼저 도착해 있었다.

"또 밀렸잖아!" 뿌르릉이 투덜댔다.

푸악이랑 빠지직이도 도착했고, 드디어 임무를 수행하러 떠날 준비가 되었다. 하지만, 콧방귀는 늘 그렇듯이 늦게 나타나서는 화를 내며 콧방귀를 끼고 돌아가 버렸다.

"흥! 난 갈 생각 없거든!"

방귀들의 특별한 임무

방귀들은 매일 중요한 일을 맡고 있다. 그들의 목표는 몸속 친구들을 도와주는 것! 오늘도 특별한 임무가 기다리고 있었다.

편식하는 친구 안먹어

첫 번째 목적지는 '편식하는 친구 안먹어집'이었다. 안먹어집에 사는 친구는 야채 와 과일을 특히 싫어하며, 매일 같은 음식만 먹었다. 결국 변비에 걸려 힘들어하고 있었다.

"도와줘! 아무리 힘을 줘도 안 나와!"

안먹어의 울음 섞인 목소리에 방귀들은 긴급 출동했다. 뿌르릉이 제일 먼저 들어갔다.

"내가 먼저 도와줄게!"

푸악과 빠지직도 힘을 보탰다. 하지만 쉽게 해결되지 않았다.

“이건 혼자서는 해결할 수 없어.”

방귀대장 고약한이 고민하더니 말했다.

“이 친구가 변비에 걸린 건 편식 때문이야. 야채와 과일을 먹어야지!”

그때, 스윽 방귀가 조용히 말했다.

“좋은 방법이 있어. 편식하는 안먹어 가 야채 와 과일을 좋아하게 도와주자.”

방귀들은 각자 역할을 맡았다. 푸악은 달콤한 사과 향을 퍼뜨렸고, 뿌르릉은 고소한 고구마 향을 보냈다. 빠지직은 바삭한 다시마 소리를 냈다.

안먹어는 그 향기와 소리에 반응하며 조금씩 관심을 보이기 시작했다.

"음? 이거 맛있을 것 같은데?"

안먹어가 한 입 먹어보더니 눈이 동그래졌다.

“우와 정말 맛있잖아!”

방귀들은 기뻐하며 안먹어를 도와주었고, 결국 시원하게 해결할 수 있었다. 안먹어의 표정이 환해졌다.

“이제부터는 야채 와 과일을 먹을거야!”

친구가 결심하자 방귀들은 뿌듯했다.

야식을 먹는 친구, 마시따

다음 목적지는 ‘야식을 먹는 친구 마시따집’이었다.

이 집에는 늦은 밤에도 끊임없이 음식을 먹는 친구가 있었다. 방귀들은 출발 전부터 걱정이 많았다.

"마시따집에 가야 한다고? 또 야근이야?"

빠지직은 꼬불 장하우스에 빨리가서 쉬고 싶다고 투덜댔다

"우리가 안 가면 친구가 배탈이 나잖아."
"어쩔 수 없지! 다같이 힘을내서 도와주러 가자!"

마시따집에 도착하자 마시따는 이미 배를 움켜쥐고 신음하고 있었다. 밤늦게 먹은 피자 와 치킨이 소화되지 않아 위장이 신호를 보냈기 때문이었다. 방귀들은 힘을 합쳐 열심히 위와 장을 마사지하듯 움직였다. 푸악은 가스를 밀어내며 소화를 도왔고, 뿌르릉은 위장을 자극했다. 빠지직은 장 속에서 활발하게 움직이며 배출을 도왔다.

"앗, 배가 편안해졌어!"

마시따는 기지개를 켜며 웃었다.

“이제부터는 밤늦게 절대 먹지 않을꺼야.”

힘 없고 약한 조금만 집

마지막으로 찾아간 곳은 ‘조금만 집’이었다. 조금만 친구는 밥을 먹는게 힘들어 해서 조금씩만 먹어 기운이 없고 몸이 약했다. 영양이 부족하니 몸이 점점 약해졌고, 결국 감기에 걸려 입원까지 하게 되었다. 더 큰 문제는 조금만이 맹장염 수술을 받았다는 것이었다. 의사 선생님은 말했다.

“방귀가 나와야 식사를 시작할 수 있어요.”

하지만 조금만 친구는 오랫동안 방귀가 나오지 않아 초조해졌다. 병원에서는 방귀들을 가장 기다리고 반겨주었다.

"드디어 왔구나! 너희가 없으면 안 돼!"

오늘도 기쁜 마음으로 병원 도착했다.

방귀들은 병실로 들어가 조금만 친구를 살펴보았다.

"수술 후에는 장이 천천히 깨어나야 해. 우리가 도와줄게!"

푸악이 나섰다.

“내가 먼저 장을 부드럽게 움직이게 도울게!”

뿌르릉도 장을 자극하며 활발하게 움직였다.

“자, 이제 우리도 힘을 보태야지!”

빠지직은 기운을 돋아 줄수 있도록 돕기 시작했다.

"이제 곧 방귀가 나올 거야! 조금만 힘내!"
조금만는은 긴장하며 기다렸다. 그리고 잠시 후,

"뽀오옹~"

드디어 방귀가 나왔다! 조금만는 안도의 한숨을 쉬었고,웃음이 절로났다 . 병실에서는 환호성이 터졌다.

"이제 밥을 먹어도 돼요!"

간호사 선생님이 웃으며 말했다. 친구는 기쁨의 눈물을 흘리며 첫 숟가락을 떴다.

뿌직!
뽀옹~

“고마워, 방귀들아! 너희들 덕분에 다시 밥을 먹을 수 있게 됐어 앞으로 열심히 밥을 먹도록 노력해서 건강한 사람이 될게!”

방귀들의 꿈, 황금빛 똥

방귀들의 마지막 종착지는 바로 서후 연후 지후가 살고있는 ‘쓰리후 집’이었다. 이곳은 새벽부터 씨앗을 뿌리고 거름을 주어 해바라기꽃이 피어나게 열심히 농사 지으시는 아빠와 어렸을때부터 축구를 좋아해서 축구선수의 꿈을 위해 노력하는 첫째 서후, 동물을 사랑하고 바른 말씨 와 예쁜 얼굴처럼 마음씨도 곱고 착한 둘째 연후, 온가족의 사랑을 받고 자란 야무지고 효심 가득한 귀엽고 사랑스런 막둥이 지후는 빵과 쿠키 만들기를 좋아한다.

이렇게 쓰리후를 무한정 아끼고 사랑으로 키우시는 멋쟁이 엄마 뚝딱뚝딱 무엇이든 만들어 내는 마법의 손 할아버지 와 가족을 위해 맛있는 음식을 만들어 주신는 할머니 손자, 손녀 웃음보따리 유쾌한 외할머니가 함께 모여 알콩달콩 행복하게 사는 대가족이었다.

방귀들은 이 집에서 기다리던 꿈을 이루게 되었다.

'황금빛 똥'이 되어 거름이 되고, 해바라기 꽃으로 다시 태어난 것이다.

"우리가 거름이 되면, 예쁜 꽃이 피겠지?"
"당연하지! 해바라기가 활짝 피어서 햇빛을 받으며 반짝일 거야."

“우리의 마지막 임무야!” 방귀대장 고약한이 외쳤다.

긴 하루동안에 특별한 임무을 위하여 방귀들은 각자의 역할을 다하고 멋진 황금빛 똥이 되었다. 그리고 땅속으로 스며들어 영양분이 되어 아름다운 해바라기 밭을 만들었다.

“우리는 못생기고 냄새난다고 사람들이 싫어하지만, 결국은 세상에 꼭 필요한 존재야!”

방귀대장이 말했다.

스읍 방귀가 조용히 웃으며 말했다.

“맞아. 우리도 소중한 존재야.”

그렇게 방귀들은 자신들의 역할을 다하며 가치 있는 삶을 살아갔다. 세상 모든 것이 소중하고 의미가 있다는 것을 깨달으며, 방귀들은 황금빛 어른으로 성장해갔다. 결국, 방귀들도, 사람들도, 어쩌다 어른이 되는 것이 아니라 진짜 어른이 되어야 한다는 것을 깨달았다.

열 한번째 이야기

구름 위의 찻집

최정아

구름 위의 찻집

어느 늦가을, 이슬비가 내리는 어느 날이었다. 은퇴 후 조용한 산골 마을에서 지내던 정희씨는 동네 산책길에 우연히 낯선 길을 발견했다.

"어? 지금껏 많이 와봤었지만 이런 산책길이 있었던가?"

그리고 평소에 자주 다니던 오솔길 끝에 지금껏 못 보았던 돌계단도 나타난 것이다. 계단은 안개 속으로 이어져 뿌옇게 보였고, 계단은 마치 하늘을 향해 올라가는 듯 했다.

"음, 이런 계단이 있었던가? 너무 신비로운데?"

설레이는 호기심에 이끌린 정희씨는 천천히 계단을 한발한발 오르기 시작했다. 차갑고 시원한 맑은 공기가 숨을 쉴 때마다 가슴속 깊이 스며들었다.

“아, 너무 상쾌해. 이런 곳이 있었다니 너무 신기한데?”

몇 걸음만 올랐는데도 주변 소음이 사라지며 고요한 정적만이 가득했다.

그리고 그 계단의 끝에서 정희씨는 아담하고 작고 포근해 보이는 찻집을 발견했다.

찻집은 마치 뭉게뭉게 구름 위에 떠 있는 것처럼 보였다. 반쯤 열려 있는 문틈으로는 따뜻한 빛과 은은한 차향이 반짝거리듯 아름답게 새어나왔다.

문을 열려할 때 위를 보니, 손글씨로 쓴 듯한 나무 간판이 걸려 있었다.

"구름 위의 찻집"
"구름 위의 찻집 이라니? 여기는 어떤 곳일까?"

정희 씨는 몇초간의 망설임 끝에 살며시 문을 열었다.

'똑똑!!'
"여보세요? 계신가요?"

문을 열고 바라본 찻집 안은 포근한 아늑함이 느껴졌다. 커다란 창문을 통해 바라본 바깥의 풍경은 끝없는 구름의 바다가 한없이 펼쳐져 있었다.

찻집의 한켠에서는 한복을 곱게 차려입은 중년의 한 여인이 앉아 있었다. 그녀는 정희씨를 보고 반갑다는 듯 환하게 웃으며 말했다.

"어서오세요. 오셨군요. 기다리고 있었습니다."
"네?"

정희씨는 두 눈을 동그랗게 뜨며 말했다.

"저를 기다리고 계셨다구요?"

그녀는 고개를 끄덕이며 따뜻하고 향긋한 차를 찻잔에 다소곳이 따라 주었다.

"네, 그렇습니다. 이 찻집은 마음의 짐을 내려놓고 싶은 사람만이 찾을 수 있는 곳이에요. 오랫동안 준비 하셨더군요."

그녀의 말에 정희씨는 마음이 서늘해졌다.

"그게 무슨 말씀이신가요?"

그녀는 대답 대신 정희씨에게 차 한 모금을 권했다.

"차 한 잔 먼저 드시지요."

정희씨는 따뜻한 차를 입에 대는 순간, 마음속 깊이 묻어 두었던 오래된 기억들이 살며시 떠올려지기 시작했다.

어릴 적 꿈, 나의 첫사랑, 떠나보낸 친구들, 그리고 이루지 못한 소망들, 내가 잃어버리고 살았던 소중한 것들 까지도 정희씨의 마음속에서 뭉게뭉게 피어오르기 시작했다.

찻집에서 마시는 차는 각기 다른 향과 맛을 가지고 있었다.

첫 번째 잔은 과거의 추억을 떠올리게 했고, 두 번째 잔은 현재의 마음을 비춰주었다. 세 번째 잔은 미래에 대한 작은 암시를 담고 있었다.

"여기서 마시는 차는 단순한 차가 아니에요. 당신이 잊고 있던 마음의 이야기들을 꺼내주죠."

그녀는 부드럽게 설명했다.

정희 씨는 세 번째 잔을 마시며 깨달았다. 지금까지 마음속에 쌓아온 후회와 미련은 과거를 이해하지 못한 채, 내 자신을 스스로 괴롭히고 있었다는 것을.

어느덧 정희씨는 찻잔에 비춰진 자기 자신의 모습은 보며 환하게 웃음짓고 있었다.

"감사합니다. 이런 찻집을 만나게 된 것도 신기했는데, 차 한 모금에 마음도 따뜻해 지고, 심란했던 마음이 한결 편안해 지고 좋아졌습니다."

"다행입니다. 앞으로의 삶도 이 따뜻한 차처럼 포근해졌으면 하는 바램입니다."

인사를 나누고, 찻집에서 나오려는 정희씨는 마음이 한결 부드러워지고 가벼워진 것을 느꼈다.

그녀는 마지막으로 정희씨에게 작은 찻잔 하나를 선물로 건네며 말했다.

“이 찻잔을 통해 다시 찾아오실 수 있어요. 이제는 정희씨께서 다른 사람들에게 이 길을 알려주었으면 합니다.”

“마음이 무겁고 고민이 많고, 앞날에 나날들이 막막해짐을 느낄 때, 언제든지 쉬었다 갈수 있는 곳이니까요.”

그 후로 정희 씨는 산책길을 걸을 때마다 마음의 무거움을 느끼는 사람들을 찻집으로 안내했다.

"저 계단 끝에 구름위의 찻집이 있어요. 따뜻한 차 한 모금이 당신의 마음을 위로해 줄거예요."

구름 위의 찻집은 마음속 짐을 내려놓고 다시 시작할 용기를 주는 아주 특별한 장소로, 힘들고 지친 당신에게 문을 열어주고 있답니다.

동화는 말합니다.
“지금 당신이 살아온 이야기도,
누군가에게는 꼭 한 번 듣고 싶은 동화가 됩니다.”
이 책은 곧 당신의 이야기입니다.

나오며

이 책은 동심을 위한 동화가 아니다.
동심을 지나온 이들을 위한,
그리운의 동화憧話(그리울 동, 말씀 화)다.

《어르신 동화憧話》는 (사)색동어머니회 이천지회 회원들이
직접 쓴 이야기로, 젊은 날의 기억, 가족과 이웃의 온기,
그리고 말로 다 하지 못했던 마음을
한 편 한 편의 동화로 풀어낸다.

책장을 넘기다 보면, 오래전 들꽃 핀 마당이 떠오르고,
어머니 손끝의 바느질이 눈앞에 그려진다.
시끌벅적한 사랑방, 따끈한 만두 한 알,
복조리를 건네던 정겨운 설날…
이야기마다 마음 한구석이 몽글몽글해지고,
어느새 눈가가 촉촉해진다.

글을 잘 쓰는 사람들의 책이 아니라,
진심을 꺼내어 쓴 사람들의 책,
그래서 더 아름답고 더 깊은 책이다.

《동화憧話》는 말한다.
"지금 당신이 살아온 이야기도,
누군가에게는 꼭 한 번 듣고 싶은 동화憧話가 됩니다."
이 책은 곧 당신의 이야기다.

브레인파워 출판사
이연순 대표

(사)색동어머니회 이천지회 동화책 쓰기 모임

한미희

최정은

한기향

이연순

최기분

임춘만

(사)색동어머니회 이천지회
동화책 쓰기 모임

김광빈

신주영

이경자

이정숙

최정아